I0548548

SYLLABAIRE.

Étude de : *oi*.

Pa pa tu lis cha que soir la gros se Bi ble que voi là, et moi je crois sa voir as sez li re. Je dé si re fai re com me toi. — Chè re pe ti te, tu ne dois pas croi re qu'a près a voir lu ces trois his toi res tu sois ca pa ble de li re quoi que ce soit.

Je ne dé si re pas li re quoi que ce soit, mais la Bi ble, com me toi. — Soit, je vais choi sir des his toi res et des mots à ta por tée. La se mai ne pro chai ne l'his toi re de Jo seph se ra prê te, et toi mê me la li ras.

1844

HISTOIRE DE JOSEPH.

Le patriarche Jacob habitait le pays de Canaan. Il était le père de Juda, le plus âgé de Joseph, un des plus petits et de dix frères de Juda et de Joseph.

Jacob qui se nommait de plus Israël, aimait Joseph plus que ses frères. Il lui donna même une robe bigarrée. Ses frères voyaient que Jacob préférait Joseph, ce qui fit qu'ils le haïssaient.

Un jour Joseph fit un rêve et il le récita à ses frères, ce qui ne fit qu'accroître l'inimitié.

Joseph dit à ses frères voici ce que j'ai rêvé : moi je liais des gerbes de blé, toi Juda avec mes frères, tu faisais comme moi. Ma gerbe se levait et se tenait droite, mais vos gerbes regardaient ma gerbe comme un roi et elles se prosternaient à sa face. Alors ses frères lui dirent : Crois-tu que tu sois jamais notre roi? Et ils le haïssaient plus que jamais.

Une autre fois, Joseph reçoit le rêve que voici : Je vois, dit-il à ses frères, le soleil, la lune et les étoiles, qui m'honorent comme un roi. Ce rêve ne fit qu'accroître la haine de Juda et de ses dix frères.

Une fois, les frères de Joseph allèrent faire paître les brebis de leur père à Sichem, et Joseph avait été retenu par Israël qui lui dit : Voici, tu dois faire visite à tes frères. Joseph lui dit : me voici, dispose de moi. Joseph partit et arriva à Sichem. Ses frères le virent venir et se dirent : voici celui qui fait de si jolis rêves, il doit être tué, et notre père croira qu'une bête l'a dévoré. Mais Ruben, un des frères dit :

la vi e ne doit pas lui ê tre ô tée.
A lors ils pri rent Jo seph lui ô tè rent
sa ro be bi gar rée et le dé po sè rent
à la ba se d'un puits qui é toit vi de,
a près ce la ils s'as si rent et pri rent
un re pas. A lors ils le vè rent la
tê te et voi ci, ils vi rent ve nir des
hom mes ma di a ni tes qui por taient
des dro gues a ro ma ti ques et qui
al laient vers l'E gyp te. Et Ju da dit
à ses frè res : à quoi se ra u ti le la
mort de no tre frè re? moi je crois
qu'il doit ê tre re mis à ces hom mes.
Ces ma di a ni tes pri rent Jo seph,
et don nè rent u ne som me à ses
frè res, et Jo seph al la com me
es cla ve vers l'E gyp te. A lors ses
frè res al lè rent vers Is ra ël et lui
di rent : u ne bê te fé ro ce a dé vo ré
Jo seph. Et Ja cob dé chi ra ses
ha bits; son vi sa ge é tait ar ro sé
de lar mes et il dit : je se rai tris te
jus qu'à la mort. Les ma di a ni tes
a me nè rent Jo seph com me es cla ve

à Pu ti phar, pré vot du Pha ra on.
Or l'E ter nel é tait a vec Jo seph et
don nait ré us si te à quoi que ce fut
que Jo seph fit. A lors Pu ti phar
l'é ta blit maî tre sur le pa lais et
lui don na le droit de se fai re
o bé ir. Jo seph fut ac cu sé d'a voir
com mis un pé ché ; ce n'é tait pas
vrai. Mais Pu ti phar qui le cro yait
le mit à la chaî ne d'un é troit
ca chot. L'E ter nel qui é tait a vec
Jo seph, lui fit ob te nir grâ ce de la
part du maî tre du ca chot, et ce lui-
ci per mit à Jo seph d'al ler et de
ve nir par mi les au tres pri son niers.

A près ces cho ses il ar ri va que
ce lui qui sert à boi re au roi et
ce lui qui s'ap pe lait le pa ne tier,
dé plu rent à Pha ra on et ils fu rent
mis à la chaî ne d'un ca chot près
de Jo seph. Ces hom mes fi rent
cha cun un rê ve, que Jo seph

ex pli qua à cha cun, il dit à l'un :
après trois nuits, le roi te dé li vre ra
de ce ca chot et te ré ta bli ra à ta
pre mi è re pla ce. A lors rap pel le -
toi le ser vi ce que tu re çois de
moi, et fais - moi la grâ ce d'ob te nir
du roi que je sor te d'i ci, car je
n'ai pas mé ri té d'ê tre pu ni. J'ai
été dé ro bé du pa ys d'Is ra ël. A lors
le pa ne tier dit à Jo seph ex pli que -
moi le rê ve que j'ai fait, com me
tu l'as ex pli qué à ce lui qui sert
à boi re au roi. Jo seph dit, voi ci :
a près trois nuits le roi é lé ve ra ta
tê te et ta chai re se ra dé vo rée par
les bê tes qui vo lent. Et il ar ri va
qu'a près la troi si è me nuit le
pre mi er es cla ve de Pha ra on fut
ré ta bli à sa pla ce et le pa ne tier
fut mis à mort. Mais ce lui qui a vait
é té ré ta bli et qui ser vait à boi re
au roi, ne par la pas de Jo seph
à Pha ra on.

Étude de : *ou*.

Il ar ri va plus tard que le roi fit un rê ve où il se vit près d'u ne ri vi è re; voi ci des va ches gras ses et bel les à voir se trou vaient là, et pais saient, lors que des va ches mai gres et lai des à voir ar ri vè rent et dé vo rè rent les va ches gras ses. Ce ne fut pas tout. Pha ra on fit la mê me nuit ce rê ve - ci : il vit des é pis de blé gros et gre nus et en sui te des é pis de blé pe tits et mai gres. Ces é pis pe tits et mai gres dé vo rent les é pis gros grenus. A lors tous les rê ves de Pha ra on fu rent fi nis pour cet te nuit. Le roi ef fra yé ap pe la tous les sa ges d'E gyp te, il ré ci ta ses rê ves; mais pas un ne put les lui ex pli quer. A lors ce lui qui lui ver sait à boi re dit à Pha ra on, j'ai sou ve nir qu'u ne fois moi et

le pa ne tier fî mes un rê ve qui
nous fut ex pli qué par un pe tit
es cla ve du pré vot de l'hô tel et
la cho se est ar ri vée com me il
nous l'a vait ex pli quée. Pha ra on fit
ap pe ler Jo seph et lui ré pé ta ses
rê ves pour qu'il dé cou vrit ce que
ce la vou lait di re. Jo seph lui dit ce
ne se ra pas moi mais l'E ter nel qui
pour ra ré sou dre ces dif fi cul tés.
Voi ci : tous tes rê ves vou laient di re
u ne mê me cho se : les va ches si
gras ses et les é pis si gros pré sa gent
u ne é po que où le blé cou vri ra
tou te l'E gyp te ; mais les va ches
si mai gres et les é pis si pe tits
pré sa gent u ne é po que de fa mi ne ;
cet te fa mi ne con su me ra tout
le blé des jours où le blé au ra
cou vert l'E gyp te ; tu dois, ô roi !
choi sir un hom me sa ge pour
a mas ser le blé à l'é po que où il
cou vri ra le pa ys et le ré u nir pour

l'é po que où tout le pa ys souf fri ra de la fa mi ne. Cet a vis de Jo seph plut à Pha ra on qui dit à ses mi nis tres : qui pour rait trou ver un hom me plus sa ge que ce lui - ci et qui eût com me lui l'es prit de l'E ter nel ? Et Pha ra on dit à Jo seph, tu se ras pour di ri ger tou tes les af fai res du pa ys; il n'y au ra que moi qui soit plus é le vé que toi. A lors Pha ra on ô ta sa ba gue et la don na à Jo seph, il le fit cou vrir de ri ches ha bits et lui or na le cou d'un col lier d'or. Il le fit pla cer sur le cha riot qui ve nait a près lui, et tous ceux qui pas saient se cour baient sur les ge noux pour ho no rer Jo seph, ja dis es cla ve.

Il ar ri va com me Jo seph l'a vait pré dit, que tou te l'E gyp te se cou vrit de blé et qu'a près ce la tout le pa ys souf frit de la fa mi ne. Mais Jo seph a vait a mas sé du blé pour cette époque de misère et il voulu qu'alors le blé fut distribué à ceux qui souffraient de la famine, et les hommes de tous les pays venaient acheter du blé que Joseph avait amassé.

Or, Jacob qui habitait le pays de Canaan, dit à ses fils : pourquoi êtes-vous tous là à vous regarder? Allez plutôt acheter du blé vers le roi d'Egypte si vous ne voulez pas mourir. Alors dix frères de Joseph partirent pour l'Egypte; mais Jacob ne voulut pas que le plus petit, nommé Benjamin allât avec ses frères. Les frères de Joseph arrivèrent près de lui pour obtenir du blé et ils se courbèrent sur les genoux devant lui pour l'honorer. Joseph les reconnut et ne se fit pas connaître; il dit : d'où venez-vous? — Du pays de Canaan pour acheter des vivres.—Je crois plutôt, dit Joseph que vous êtes venus es pionner le pays. — Ils lui dirent : nous sommes tous les dix fils d'un même homme; notre père avait douze fils, le plus petit est resté près de lui et un est mort. Mais Joseph dit toujours vous êtes venus espionner le pays, et pour vous éprouver, vous ne sortirez pas d'ici que vous n'ayez venir fait votre plus petit frère. En voyez un de vous qui l'amène ici et j'éprouverai si vous avez dit la vérité. Et Joseph les fit mettre pour trois jours à la place où lui-même avait été jeté, le cachot. Le troisième jour il les fit sortir et dit : faites ceci et vous vivrez; qu'un de vous soit lié à la chaîne du cachot où vous avez été déjà mis et vous allez porter du blé à votre père. Puis, amenez-moi votre plus petit frère et si vos paroles se trouvent

vrai es vous ne mour rez - pas. Ils
fi rent com me a vait dit Jo seph et
ils se di saient : à la vé ri té nous
som mes cou pa bles, car mal gré les
lar mes de no tre frè re nous som mes
res tés durs à l'é gard de Jo seph et
c'est pour quoi tout ce ci nous ar ri ve.
Ru ben dit : ne vous di sais - je pas,
gar dez - vous de com met tre ce
pé ché? Et vous ne m'a vez pas
é cou té. Ils ne sa vaient pas que
Jo seph pé né trait tout ce qu'ils
di saient, car jus que là, Jo seph
a vait par lé com me un hom me
d'E gyp te et ses frè res com me des
hom mes de Ca na an, et les pa ro les
de tous a vaient é té ex pli quées par
un hom me qui par lait tour - à - tour
com me s'il é tait d'E gyp te et
com me s'il é tait de Ca na an. Et
lors que Jo seph vit les re grets de
ses frè res il se dé tour na pour
ver ser des lar mes.

Jo seph fit met tre du blé dans les sacs de ses frè res, mais il fit re plá cer le prix du blé à l'ou ver tu re des sacs. Ils char gè rent leur blé sur les à nes et par tirent. Un ou vrit un sac de blé, y trou va ses piè ces de mon naie et dit à ses frè res: vo yez ce que je dé cou vre i ci et cha cun re gar de à l'ou ver ture du sac qu'il a vait et y trou va la mê me cho se. Ils fu rent sai sis de peur. Ve nus vers Ja cob, ils lui fi rent le ré cit de tout ce qui é tait ar ri vé.

Étude de : *eu*.

Or la fa mi ne s'ac crois sait tou jours plus et Ja cob a vec ses fils a vaient a che vé leur blé: c'est pour quoi Is ra ël dit à ses fils: re tour nez vers le gou ver neur d'E gyp te et a che tez un peu de vi vres. Mais Ju da lui dit: Le gou ver neur nous a dit: vous ne

ver rez pas ma face, si votre frère
n'est pas avec vous. Et Israël leur
dit : pour quoi m'avez-vous fait ce
tort de déclarer que vous aviez un
jeune frère ? Ceux-ci dirent : le
gouverneur nous a questionnés
de toutes les manières et nous a
a dit : votre père vit-il toujours ?
n'avez-vous pas un frère ? Il
a fallu déclarer la vérité. Qui
pouvait savoir qu'il dirait : faites
venir votre frère ? Juda dit
toujours à son père laisse venir
le jeune frère avec moi ; je
t'as sure qu'il retournera : si je
ne peux pas te le ramener, je veux
être toute ma vie traité comme
un esclave. Ruben dit à Jacob,
si je ne peux pas te le ramener,
fais mourir si tu veux deux de
mes jeunes fils. Alors leur père
leur dit : je le veux, partez et
portez au gouverneur un peu de

miel et un peu de drogues aromatiques. Prenez de l'argent à double pour lui reporter celui qui a été mis à l'ouverture de vos sacs; peut-être cela se sera fait par mégarde: prenez votre jeune frère et que Dieu vous fasse trouver grâce près du gouverneur pour qu'il vous relâche vous, votre frère et Benjamin; et si je dois être privé d'eux et de vous que je sois privé de tous comme Dieu le veut.

Ils prirent un peu de tout et ils allèrent trouver Joseph. Lorsque Joseph vit Benjamin avec eux il dit à son maître d'hôtel: tue quelque bête et apprête un repas délicieux; car ceux-ci dîneront à dîner avec moi. Cet homme fit comme le gouverneur l'avait dit et les frères de Joseph eurent peur et dirent: il veut nous mener chez lui parce que la somme remise la

pre miè re fois, s'est trou vée à
l'ou ver tu re de nos sacs et il veut
nous fai re ses es cla ves. Puis ils
s'ap pro chè rent du maî tre d'hô tel
et lui di rent : hé las ! Sei gneur,
lors que nous som mes par tis et que
nous eû mes ou vert nos sacs, voi ci
la som me de cha cun s'y est trou vée;
mais nous l'a vons rap por tée. Le
maî tre d'hô tel leur dit : n'a yez
pas peur, vo tre Di eu et le Di eu de
vo tre pè re vous a peut ê tre don né
ce tré sor; car vo tre som me est
par ve nue jus qu'à moi; il leur
a me na Si mé on et les fit pé né trer
dans le pa lais. A mi di Jo seph
ar ri va et ils lui re mi rent le peu
de miel et d'a ro ma tes qu'ils
a vaient avec eux, et eux tous se
pros ter nè rent à ses ge noux. Jo seph
leur dit, vo tre pè re vit-il tou jours?
ils lui di rent : no tre pè re, qui est
le ser vi teur de notre Sei gneur, vit

tou jours, et ils se bais sè rent et se
pros ter nè rent plu sieurs fois. Jo seph
é le va les yeux, vit Ben ja min et
dit : est-ce là vo tre jeu ne frè re et
il a jou ta : jeu ne a mi que Di eu te
fas se grâ ce. Jo seph se re ti ra vi te,
car il é tait é mu à la vue de ce
jeu ne frè re et il cher chait un lieu
où il pût pleu rer et a près s'ê tre
re ti ré, il pleu ra. Puis il se la va
le vi sa ge et re tour na vers ses
frè res et dit : ser vez. Il leur fit
ap por ter plu si eurs plats, mais la
part de Ben ja min é tait plu sieurs
fois plus gros se que cel le de tous
ses frè res.

Jo seph dit au maî tre d'hô tel :
pla ce des vi vres dans les sacs de
ces hom mes, tout ce qu'ils peu vent
te nir, re mets tou jours la som me
qu'ils vou laient me pa yer et de
plus pla ce ma cou pe à l'ou ver tu re
du sac du plus jeu ne et cet hom me

fit comme Joseph lui avait ordonné.

Dès qu'il fit jour ces hommes partirent avec leurs ânes et lorsqu'ils furent sortis de la ville Joseph fit aller à leur poursuite et leur fit dire : Pourquoi avez-vous dérobé la coupe de notre Seigneur? Et ils dirent au maître d'hôtel : Pourquoi notre Seigneur parle-t-il de cette manière? A Dieu ne plaise que tes serviteurs aient fait une telle chose ! Que celui de nous à qui tu trouveras là coupe, meure! Et que ses frères soient esclaves de notre seigneur. Il leur dit qu'il soit comme vous avez dit. Alors les sacs furent ouverts et la coupe fut trouvée dans le sac de Benjamin. Alors ils déchirèrent leurs habits et furent accablés de tristesse; tous déchargèrent leurs ânes et retournèrent vers Joseph et se

je tè rent à ses ge noux, et par lè rent
com me suit : que di re à no tre
sei gneur? qui peut nous jus ti fier?
Di eu a trou vé l'i ni qui té de tes
ser vi teurs; voi ci, nous som mes
tous tes es cla ves. Jo seph dit, à
Di eu ne plai se que se fas se ce la,
mais ce lui - là seul qui a dé ro bé
la cou pe de meu re ra près de moi.
A lors Ju da s'ap pro cha de lui et
dit : Hé las! sei gneur, je te prie,
é cou te : no tre pè re nous a dit
re tour nez cher cher un peu de
vi vres, mais nous lui dî mes : si
no tre jeu ne frè re n'est pas a vec
nous le gou ver neur dé tour ne ra sa
fa ce de nous. No tre pè re nous a dit,
vous sa vez que sa mè re m'a don né
deux fils, Jo seph et Ben ja min: l'un
est dé jà par ti d'a vec moi, il est
pro ba ble qu'u ne bê te l'a dé vo ré.
Si vous re ti rez ce lui - ci de mes
yeux et qu'il lui ar ri ve mal heur,

vous m'au rez pous sé a vec dou leur
à la mort. A lors j'ai dit à no tre
pè re : si je ne peux pas te le
ra me ner, je veux ê tre tou te ma
vie trai té com me un es cla ve; à
cet .te heu re, je te prie, ô no tre
maî tre, que je sois ton es cla ve à la
pla ce de ce jeu ne Ben ja min et que
lui re tour ne a vec ses frè res. Car
puis - je al ler vers no tre pè re, s'il
n'est pas a vec moi. Oh! que je ne
voie pas la dou leur de mon pè re.

A lors Jo seph ne peut plus re te nir
ses lar mes et il cri a : fai tes sor tir
tous ceux que je vois i ci; et pas
un seul hom me ne de meu ra avec
lui lors qu'il il se fit re con naî tre
à ses frè res. A lors il pleu ra a vec
for ce et dit à ses frè res :
je suis Jo seph, no tre pè re vit - il
tou jours ? Mais ses frè res ne
pou vaient ou vrir la bou che et ils

é taient tous trou blés. Jo seph a jou ta : je vous prie, ap pro chez - vous de moi, ils s'ap pro chè rent, et il leur dit : je suis Jo seph que vous a vez li vré pour ê tre me né vers l'E gyp te ; à cette heu re ne so yez pas at tris tés, n'a yez pas de re grets de ce que vous a vez fait, car Di eu m'a fait ve nir i ci pour vous pré ser ver de la mort ; la fa mi ne n'est pas fi nie, elle du re ra plu si eurs an nées. Ce n'est pas vous, c'est Dieu qui m'a fait ve nir i ci pour pré ser ver vous et tout un peu ple de la mort. Hâ tez - vous d'al ler vers notre pè re et de l'a me ner i ci. A lors Jo seph se je ta sur le cou de Ben ja min, le bai sa et pleu ra ; et tous ses frè res par lè rent a vec lui. Le bruit cou rut par tout le pa lais que les frè res de Jo seph é taient ve nus ; ce qui plut fort à Pha ra on et à ses ser vi teurs.

Pha ra on don na à tous les frè res de Jo seph des ha bits, une forte som me et des vi vres pour le vo ya ge.

Les frè res de Jo seph re tour nè rent vers leur pè re et lui di rent : Jo seph vit tou jours, il de meu re en E gyp te, et, a près le roi, lui seul est maî tre. Ja cob fut ému et dit : je ne peux pas croi re ces cho ses; ses fils lui fi rent le ré cit de tout ce qui leur était ar ri vé et a lors Is ra ël a jou ta : c'est as sez, Jo seph vit tou jours, j'i rai et je le ver rai; a près ce la, si Di eu le veut, que je meu re!

Étude de : *au*, *eau*.

Aus si tôt Ja cob of frit un sa cri fi ce au Di eu de ses pè res et il par tit pour l'E gyp te, il a vait a mas sé beau coup de ri ches ses, des veaux, des a gneaux et des bœufs; il par tit a vec tous ses trou peaux et

toute sa famille. Joseph fit atteler
son chariot et se dirigea auprès
de Jacob. Aussitôt qu'il le vit, il
le baisa et pleura. Et Israël dit
au fils qu'il aimait : que je meure,
à cette heure, puisque je t'ai vu.
Joseph dit à ses frères : j'irai
auprès de Pharaon pour lui faire
savoir que vous avez beaucoup de
biens, de veaux et d'agneaux, et je
le prierai de vous accorder un beau
pays pour vous et vos troupeaux.
Joseph mena ses frères au près du
roi. Pharaon dit aux frères de
Joseph : quel est votre métier ? Ils
dirent : nous sommes bergers ; nous
sommes venus de meurer au pays
d'Egypte pour trouver de la pâture
pour nos bestiaux. Aussitôt le roi
dit aux fils de Jacob : de meurez au
milieu de nous, vous aurez le beau
pays de Goscen. Alors Joseph
amena Jacob auprès du roi, et

Pha ra on dit au pè re de Jo seph : quel â ge as - tu ? Ja cob dit : les jours de mes pè le ri na ges du rent de puis plus d'un siè cle, mais les jours de ma vie du rent de puis peu. Ja cob bé nit Pha ra on et se re ti ra. Jo seph don na u ne de meu re à sa fa mil le au pays de Gos cen, et les Hé breux res tè rent là plu si eurs siè cles.

Paris.— Imp. de LACOUR et Cie., rue Saint-Hyacinthe-
Saint-Michel ; 33.

www.ingramcontent.com/pod-product-compliance
Lightning Source LLC
Chambersburg PA
CBHW061507170626
46811CB00004B/1642